Spirit

Espíritu

Spirit

Espíritu

inspirando inspiring enamorando falling in love riéndose laughing amando creciendo learning to care encariñando yourself

Cinderella Latina
La Cenicienta Latina

Retold, Illustrated and published by /
Relatado, ilustrado y publicado por

Bobbi Salinas

Translated by / Traducido por
Enrique Lamadrid, Ph.D.

Copyright © 2003, Piñata Publications,
Oakland, California

ISBN O-934925-O6-2

Copyright©, Piñata Publications, 2003
First edition, January 2003

Library of Congress cataloging in Publications Data
Text copyright© Bobbi Salinas, 2002
Illustrations copyright© Bobbi Salinas, 2002, www. bsalinas.com

Graphic design by Alfonso Jaramillo, i arte, Berkeley, California
Printed by Global Interprint, Santa Rosa, California

Summary

Cinderella Latina/La Cenicienta Latina is a bilingual retelling of one of the oldest, best loved, and most widespread fairy tales in the world. Serena's father remarries, choosing Doña Cornelia, a spiritually flat woman who confuses her self worth with her net worth. Her daughters, Bella and Dulce, are clueless about anything they haven't seen or heard on TV. Believing that "you are what you buy," they shop compulsively for their brand-name identities. Serena's godmother is Doña Flor, the local curandera, a folk healer. There are no see-through, high-heel slippers in this version. Oouuch! There is no customized pumpkin coach, and the special guy is a student at the state university, the son of a rancher. As we shall see, Serena is not a helpless damsel in distress who is waiting to be saved by a prince. Not this Cinderella.

Serena finds that change comes about little by little. Self-respect, *coraje*, courage and righteous anger, and humor are the keys. You are encouraged to imagine yourself at various places on Serena's journey and accept the challenge of becoming the author and hero of your own life.

Resumen

Latina Cinderella/La Cenicienta Latina es una versión bilingüe de uno de los cuentos de hadas más antiguos, venerados y reconocidos en el mundo. El padre de Cenicienta se casa a ciegas, eligiendo a Doña Cornelia, una mujer espiritualmente vacía, que confunde su valor personal con el valor de sus bienes materiales. Sus hijas, Dulce y Bella, no saben nada que no hayan oído o visto en la televisión. Creyendo que "uno es lo que uno compra", consumen compulsivamente identificándose personalmente con las marcas reconocidas. El hada madrina de Serena es Doña Flor, una curandera. Los zapatos de esta Cenicienta no son elegantes ni transparentes, ni tienen tacón alto. ¡¡¡Ayyyyyy!!! No hay una maravillosa carroza de calabaza. El galán no es un príncipe azul, sino el hijo de un ranchero que estudia en la universidad estatal. Y, por supuesto, Serena no es una doncella indefensa en peligro que espera ser rescatada. ¡No esta Cenicienta!

Serena encuentra que los cambios llegan poquito a poco. El respeto a sí misma, el coraje y el sentido del humor son las claves. ¡Anímense a participar en el viaje de Serena y a aceptar el reto de convertirse en autores y héroes de sus propias vidas.

Dedication

This book is dedicated to my mamá, Margaret Luján-Salinas (1912 - 1987), who reared six children. She was always supportive of my lifestyle and my dreams. "Maggie" saw me redirect her artistic spirit out of the house and into the schools and libraries. I KNOW MAMÁ IS WATCHING.

Acknowledgements

I feel privileged to have obtained the consummate translation skills of Enrique R. Lamadrid, Ph.D. Professor Lamadrid teaches folklore, literature, and cultural studies in the Spanish and Portuguese Department at the University of New Mexico. His research interests include ethnopoetics, ethnoecology, Southwest Hispanic and Latin American folklore and folk music, Chicano literature, and contemporary Mexican poetry.

I have relied on Sally Bean and Rodrigo Quintanilla, librarians at the César Chávez Library in Oakland, CA. Also, Marta Stiefel Ayala, Ph.D., Reynaldo Ayala, Ph.D., Diana Borrego, MLS, Catherine Farrell, MLS, Armando Ramírez, MLS, and Jensa Woo, MLS, Elaine Brooks, Elaine Chernoff, Ph.D., Anthony Fuschillo, Viola Gonzáles, Loretta Henry, Reeve Love, Ph.D., Bryce Milligan, Carmen R. Navarro, Sister Mary Christa Salinas, Jennifer Stone, Helen Talley, Rosalie Torres, and Harry Uliasz. Their friendship, useful critiques, uncommon sense and encouragement helped birth a new Cenicienta for the twenty-first century.

On pages 4 and 5 I have indicated the names of some of my heroes on whose shoulders I have stood – those who have gone before me to open the doors through which I have walked.

Dedicatoria

Dedico este libro a mi mamá, Margaret Luján-Salinas (1912-1987), quien crió seis hijos. Ella siempre aprobó mi estilo de vida y mis sueños. "Maggie" me vio llevar su espíritu artístico de su casa a las escuelas y bibliotecas. SÉ QUE MAMÁ ME ESTÁ MIRANDO.

Reconocimientos

Fue para mí un privilegio contar la colaboración de Enrique R. Lamadrid, Ph.D., como traductor. Enrique es catedrático de literatura, folklore y estudios culturales del Departamento de Español y Portugués de la Universidad de Nuevo México. Entre sus intereses de estudio se pueden mencionar la etnopoética, la etnoecología, el folklore y la música folklórica del sudeste hispano y de Hispanoamérica, así como la literatura chicana y la poesía mexicana contemporánea.

He contado con el apoyo de Sally Bean y Rodrigo Quintanilla, bibliotecarios de la Biblioteca César Chávez en Oakland, California. Agradezco asimismo a Marta Stiefel Ayala, Ph.D., Reynaldo Ayala, Ph.D., Diana Borrego, MLS, Catherine Farrell, MLS, Armando Ramírez, MLS y Jensa Woo, MLS, Elaine Brooks, Elaine Chernoff, Ph.D., Anthony Fuschillo, Viola González, Loretta Henry, Reeve Love, Ph.D., Bryce Milligan, Carmen R. Navarro, Sister Mary Christa Salinas, Jennifer Stone, Helen Talley, Rosalie Torres, y Harry Uliasz. Su amistad, sus valiosas sugerencias, su extraordinario sentido común y su estímulo me ayudaron a dar luz a una nueva Cenicienta para el siglo veintiuno.

En las páginas 4 y 5 he indicado los nombres de algunos de mis héroes en cuyos hombros me he apoyado – aquellos precursores que han abierto las puertas.

The Romero family lived on a ranch in the Southwest ... a land that was once called México. *Don Pedro** Romero's ancestors had toiled in this soil for hundreds of years. In the cool of the evening, he would often sit on the porch with his wife, *Doña Margarita*, and his daughter, *Serena*. "*Mira*," he would say. "Look at the purple shawdows that linger on the mesas; look at our ripe fields of corn and the pine nut trees that smell so sweet. These are some of the treasures *de nuestra gente*, of our people."

La familia Romero vivía en un rancho en el suroeste de los Estados Unidos, la tierra que antes se llamaba México. Los antepasados de Don Pedro Romero habían cultivado estas tierras por siglos. En la frescura de las tardes, Don Pedro se sentaba en el portal con su esposa, Doña Margarita, y su hijita Serena. "Miren", decía. "Miren las sombras moradas que se detienen sobre las mesetas; miren nuestros campos de maíz maduro y los piñónes de aroma tan dulce. Estos son de los verdaderos tesoros de nuestra gente".

* For definitions and/or pronunciation of italicized words, see Notes on Cultural Expressions and Names on pages 24 – 26.

Don Pedro's face always reflected his pride. While Serena was still a child, he often explained the family's cultural traditions to her. Doña Margarita was an expert doll maker. She sold her dolls at the museum and at the *pulga*, flea market, also known as "the oldies but goodies mall." But when she made one that was extra special, she gave that one to Serena. The child named her favorite doll *Tonantzín*, the *Aztec* name for Mother Earth.

Serena was encouraged to learn about all the wonders of nature, yet, "Never forget the importance of dancing and laughter." On weekends, Dona Margarita and Serena often stayed up late to look at all the stars that lit the desert sky.

El rostro de Don Pedro siempre reflejaba su orgullo. Cuando su hija Serena era todavía una niña, le explicaba las tradiciones culturales de su familia. Doña Margarita era experta en hacer muñequitas. Vendía sus muñecas en el museo y en la pulga que también se conocía como el mercado de "lo viejo pero bueno". Pero cuando confeccionaba una muy especial, se la regalaba a Serena. La niña nombró a su muñeca favorita Tonantzín, el nombre azteca de La Madre Tierra.

Los padres siempre animaban a Serena a estudiar las maravillas de la naturaleza, pero "sin olvidar la importancia del baile y de la risa". Los fines de semana, Doña Margarita y Serena esperaban la noche para mirar todas las estrellas que iluminaban el cielo del desierto.

yerbas
herbs

They often took walks to gather *yerbas*, herbs. Doña Margarita used some of the yerbas for cooking; the others she gave to her neighbor, Doña *Flor*, the local *curandera*, healer. Everyone in the valley knew Doña Flor could cure anything from a headache to a heartache.

One morning, a terrible thing happened. Without warning, Doña Margarita became critically ill while she was gathering yerbas. By the time Doña Flor found her lying on the path, it was too late. Doña Margarita had already died. "We had so many wonderful days together, *mija*, daughter, but there were not enough years," said Don Pedro through his tears. While Serena wept and wept, Doña Flor assured her that her tears would wash away her sorrow.

Frecuentemente salían a caminar para recoger yerbas. Doña Margarita usaba algunas de las yerbas para cocinar; y le daba las otras a su vecina, Doña Flor, la curandera local. Todo el mundo en el valle sabía que Doña Flor podía aliviar los dolores de la cabeza y también los del corazón.

Una mañana pasó algo terrible. Doña Margarita se enfermó de repente mientras juntaba sus yerbitas. Cuando Doña Flor la encontró tirada en el sendero, ya era tarde. Doña Margarita había fallecido. "Compartimos tantos días maravillosos, mi'ja, pero tan pocos años", dijo Don Pedro sollozando. Mientras Serena lloraba y lloraba, Doña Flor le aseguraba que sus lágrimas aliviarían su dolor.

After her death, Doña Margarita's joyous *spirit* remained an inspiration to all who had known and loved her. In the years that followed, Don Pedro continued to harvest the land. Serena, now a teenager, looked forward to their ongoing conversations about the dreams they shared. Their days were happy, their nights were peaceful, and they never forgot to say *gracias a la vida*, thanks to life for all its blessings.

Aún después de su muerte, el espíritu alegre de Doña Margarita seguía inspirando a todos los que la habían conocido y amado. En los siguientes años, Don Pedro siguió cultivando sus tierras. Serena, ya adolescente, gozaba de las largas conversaciones con su padre sobre los sueños que compartían. Sus días eran felices, sus noches tranquilas y nunca se les olvidaba dar gracias a la vida por todas sus bendiciones.

Every morning, as the sun shone through her window, Serena sat to ponder many things. In silence, new thoughts came to her. Serena knew she had everything she needed and she felt truly rich. She always had her parents' love, their books and music, many friends, and an unexplored future.

Todos las mañanas, cuando el sol se asomaba a su ventana, Serena reflexionaba sobre muchas cosas. En el silencio de su habitación, nuevos pensamientos acudían a su mente. Sabía que tenía todo lo que necesitaba y se sentía realmente afortunada. Siempre había tenido el amor de sus padres, sus libros y música, numerosos amigos y un futuro para explorar.

Now Don Pedro, still a young man, was considered *guapo*, handsome, by all the unmarried women who eyeballed him every Saturday at the pulga. One of them, Doña *Cornelia*, was an attractive widow with two daughters of her own. "Poor Serena," she would whine to Don Pedro. "If only she could spend a weekend with us. I'm sure my daughters would love to take her to the beauty salon and go shopping for some new clothes."

Como Don Pedro era todavía joven y muy guapo, las damas solteras le echaban el ojo todos los sábados en la pulga. Una de ellas, Doña Cornelia, era una viuda bonita con dos hijas. "Pobre Serena", le decía a Don Pedro. "Si pudiera pasar un fin de semana con nosotras. Estoy segura que a mis hijas les encantaría llevarla al salón de belleza y a comprar ropa nueva".

Well, one thing led to another, *tú sabes*, you know, and sure enough, Doña Cornelia succeeded in persuading Don Pedro that everything would be much better for everyone if they were married. So that's what they did.

Bueno, una cosa dio lugar a otra, tú sabes, y por cierto, Doña Cornelia logró convencer a Don Pedro que todo sería mejor para todos si se casaban. Y eso fue lo que hicieron.

Within a few months, Doña Cornelia began to reveal her true character. She was a demanding and arrogant woman who had no way of expressing herself other than by shopping. She wasn't interested in taking walks or gathering yerbas, and the only stars Doña Cornelia wanted to see were the "stars" in Hollywoodlandia.

Después de algunos meses, Doña Cornelia empezó a mostrar su verdadero carácter. Era una mujer exigente y arrogante que no tenía otra manera de expresarse que ir de compras. No le interesaba caminar ni recoger yerbas y las únicas estrellas que Doña Cornelia quería ver eran las "estrellas" de Hollywoodlandia.

Bella and Dulce were just like their mother. They always looked at themselves in the mirror, but they only saw their clothes, their hair, and their makeup. They never thought about creating a future of their own. They just wanted to marry rich, handsome men.

Quite the contrary, Serena was a good student in high school. By seventeen, she was enrolled at the state university. Serena still looked forward to her conversations with Don Pedro, because now she really understood what he meant when he warned, "Ideas and words can

Bella y Dulce eran como su madre. Siempre se miraban en el espejo, pero sólo veían su ropa, sus peinados y su maquillaje. Nunca pensaban en forjar su propio futuro. Sólo aspiraban casarse con hombres ricos y guapos.

Serena, al contrario, era una estudiante muy aplicada en la preparatoria. A los diecisiete años, ya estaba matriculada en la universidad estatal. Todavía esperaba con ansias las pláticas con Don Pedro, porque ahora realmente entendía cuando le advertía: "Las ideas y las

change the world. Your commitment to fight for justice will be difficult at times, but always do what's in your heart. Your courage will be tested, mija." And soon, it was.

A few days later, Serena saw Don Pedro's pickup truck coming down the driveway. Three very shaken *campesinos*, farm workers, carried her father into the house. "Don Pedro fell off his horse when it reared up. He hit his head on a rock," said one of the men. Don Pedro lay unconscious for another few minutes, and then he died.

palabras pueden cambiar al mundo. Tu compromiso con la lucha por la justicia, será difícil a veces, pero haz siempre lo que manda el corazón. Tu valor se pondrá a prueba, mi'ja". Y pronto, así sucedió.

Unos días después, Serena vio la troca de su padre acercarse por el camino. Tres campesinos muy asustados cargaron a su padre hasta la casa. "Don Pedro se cayó cuando el caballo se encabritó. Se golpeó la cabeza en una piedra", dijo uno de los hombres. Don Pedro estuvo inconsciente por unos minutos y falleció.

During the funeral service, Serena could barely hear Doña Flor's comforting words while Doña Cornelia wailed and shed a few crocodile tears. The next morning, Serena was awakened by someone banging doors and slamming drawers. She followed the ruckus down the hall where Doña Cornelia was yanking Doña Margarita's clothes out of the closet. As she stuffed them into a big box, she muttered to herself, "It's time to get rid of these things. I need more space for my things and my daughters' clothes." When she saw Serena, she said gruffly, "From now on, you're going to have to earn your keep around here."

Over the next few years, Serena cooked, cleaned, and served her step family. Oftentimes, she stayed up very late to finish her homework. Serena never complained.

Every Saturday, while Serena was left to do the chores, the step family went to the city to shop. On Sunday mornings they sat in the front row in church. On Sunday afternoons they went to *tardeadas*, afternoon parties. But mostly, the couch *papitas*, potatoes, just watched TV and chattered. They rarely spoke to Serena except to ask, "What's for dinner? Where's the remote?"

Serena was lonely. She missed her parents. In time, she decided to study medicine and then come home to the valley she loved so much. While she dreamed about getting married, she told herself she was still a student, not ready to think about all those household chores that are usually done by women. Trusting her feelings, she looked to herself to bring about the fulfillment she wanted from her life.

Bella and Dulce laughed at Serena's dreams. "Why don't you just marry a doctor?" sneered Bella.

One day, an invitation arrived announcing a *Carnaval* Costume Ball at *El Rancho Grande*, a large ranch on the other side of the mesa. *Emiliano*, the rancher's son, was hosting the ball to raise money for the *César Chávez* Scholarship Fund. *Los Coyotes* would play *salsa* music and sing *corridos*, the traditional ballads of México. For the children, there would be games and piñatas.

"This is just the kind of fiesta Don Pedro would have organized! How I wish I could go," thought Serena to herself.

Bella and Dulce were ecstatic ... tú sabes. They drove into town immediately to order their costumes at Señor Reymundo's *Boutique Escandalosa*, Scandalous.

Durante el funeral, Serena apenas oía las palabras consoladoras de Doña Flor, mientras Doña Cornelia se lamentaba, llorando con lágrimas de cocodrilo. A la mañana siguiente, Serena se despertó con el ruido de portazos y cajones. Siguió el ruido hasta el fondo del pasillo donde Doña Cornelia estaba sacando la ropa de Doña Margarita del ropero. Mientras la metía en una caja grande decía: "Es hora de tirar estas cosas. Necesito más espacio para mis cosas y la ropa de mis hijas". Cuando vio a Serena, le dijo bruscamente, "De ahora en adelante, querida, tendrás que ganarte la vida en esta casa".

Durante los siguientes años, Serena tuvo que cocinar, limpiar y servir a su madrastra y sus hermanastras. Frecuentemente se desvelaba para poder estudiar. Nunca se quejaba de nada.

Todos los sábados, dejando a Serena en casa para hacer la limpieza, su madrastra iba de compras con sus hijas a la ciudad. Los domingos en la mañana se sentaban en primera fila en la iglesia. Los domingos por la tarde iban a las tardeadas. Pero más que nada, las *couch potatoes*, las flojas, miraban televisión y chismeaban. Bella y Dulce sólo hablaban con Serena para preguntarle, "¿Qué hay de cenar? ¿Dónde está el control remoto?".

Serena sentía soledad. Extrañaba a sus padres. Con el tiempo, decidió estudiar medicina para regresar al valle que amaba tanto. Soñaba con casarse, pero como era estudiante, todavía no quería pensar en todos los quehaceres del hogar que las mujeres suelen realizar. Confiando en sus instintos, sabía que podía alcanzar lo que esperaba de la vida.

Bella y Dulce se reían de los sueños de Serena. "¿Por qué mejor no te casas con un doctor?", se burlaba Bella.

Un día, llegó una invitación anunciando un baile de disfraces para el Carnaval en El Rancho Grande, un rancho enorme al otro lado de la meseta. Emiliano, el hijo del ranchero, organizó esta fiesta para recolectar dinero destinado al Fondo César Chávez para Becas Universitarias. "Los Coyotes" tocarían salsa y cantarían corridos tradicionales de México. Para los niños, habría juegos y piñatas.

"Este es el tipo de fiesta que mi papá hubiera organizado. ¡Cómo me gustaría ir!", pensaba Serena.

Bella y Dulce estaban extasiadas, tú sabes. Fueron al centro inmediatamente para ordenar sus disfraces de la Boutique Escandalosa del Señor Reymundo.

On the day of the ball, Serena was kept extra busy ironing, gluing on fingernails and eyelashes, combing wigs, and polishing the car. The step family drove off without even a "gracias" to Serena.

As she stood outside watching the car disappear into the evening, she heard a familiar voice. "What happened, mija? Aren't you going to the fiesta tonight?" It was Doña Flor.

"No," sighed Serena. "It's late and I don't have a costume or a dress to wear. How would I get there?"

El día del baile, Serena tuvo que planchar, pegar uñas y pestañas postizas, peinar pelucas y lustrar el carro. Su madrastra y hermanastras salieron sin decirle gracias. Mientras Serena estaba afuera mirando desaparecer las luces del carro en la oscuridad, escuchó una voz conocida. "¿Qué pasó, mi'ja? ¿No vas a la fiesta esta noche?". Era Doña Flor.

"No", suspiró Serena, "Ya es tarde y no tengo ni disfraz ni vestido que ponerme. Y ¿cómo llegaría hasta allá?".

"Hmmm. I know. I need someone to pick up the senior citizens and drive them to El Rancho Grande. Would you like to volunteer?" asked Doña Flor.

"¡Órale, all right, Doña Flor!" exclaimed Serena.

They walked to Dona Flor's house where the van was parked. "Come in, come in. I have some things to show you. I found a box with some of your mamá's clothes. I knew Don Pedro was saving them for you. Why don't you take a quick bath so you can try them on?"

"Hmmm, ya sé. Necesito que alguien vaya a buscar a los ancianos para llevarlos al Rancho Grande. ¿Quieres hacerlo?", preguntó Doña Flor.

"¡Órale, seguro que sí, Doña Flor!", exclamó Serena.

Caminaron a la casa de Doña Flora donde estaba estacionada la camioneta. "Entra, entra. Tengo algunas cosas que mostrarte. Encontré una caja de ropa de tu madre. Sabía que Don Pedro las guardaba para ti. ¿Por qué no te das un baño rápido para que te las pruebes?".

Soon, smoke floating from the candles and the *copal*, incense, covered Serena as she anxiously tried on a few dresses. Then Doña Flor unwrapped a pair of *huaraches*, sandals, and said, "Try them on." Everything fit perfectly. "Now tie your hair up, mija. Let's see, where did I put my lipstick?"

Serena looked at herself in the mirror and said with a blush and a smile, "I look just like

Pronto, el humo que emanaba de las velas y el copal envolvieron a Serena mientras se probaba ansiosamente algunos vestidos. Entonces Doña Flor sacó un par de huaraches y le dijo, "Póntelos". Todo le quedó perfecto. "Ahora, peina tus cabellos hacia arriba, mi'ja. A ver, ¿dónde puse mi lápiz labial?".

Serena se vio en el espejo y dijo con una sonrisa, "Me veo igual a mi mamá, Doña Flor,

mamá, Doña Flor. And I feel beautiful. Muchísimas gracias. I KNOW MAMÁ IS WATCHING."

"You are as beautiful as the earth itself, mija," declared Doña Flor. "Now, here are the keys to the van. Remember, the seniors must be back by midnight. They always go to the early Mass on Sunday morning. Don't be late." Serena promised to have them back on time.

y me siento bella. Muchísimas gracias. SÉ QUE MAMÁ ME ESTA MIRANDO".

"Eres tan hermosa como la tierra misma, mi'ja", exclamó Doña Flor. "Bueno, aquí están las llaves de la camioneta. Recuerda, los ancianos tienen que regresar a medianoche. Siempre madrugan para ir a la primera misa del domingo. No llegues tarde". Serena prometió llegar a tiempo.

When Emiliano learned that the van filled with seniors had arrived, he went out to give each one a heartfelt hug. Then he led them into the ballroom where everyone was gathering.

Serena parked the van and then walked to the entrance. The musicians stopped playing and the dancers stood still for a moment. All eyes were on the young woman who stood alone in the doorway. Everyone whispered to each other, "She's stunning. Who is she?"

Cuando Emiliano supo que había llegado la camioneta con los ancianos, salió a darles a cada uno un abrazo cariñoso. Entonces los llevó al salón donde estaban los invitados.

Serena estacionó la camioneta y entró al salón. Los músicos dejaron de tocar y los que bailaban pararon un momento. Todos miraban a la joven solitaria parada en la puerta. Los invitados murmuraron entre ellos, "Es tan hermosa. ¿Quién será?".

Emiliano was enchanted. "I must know her," he thought to himself as he walked toward her to ask her to dance. "¡Ayyy, ayyy, ayyy, ayyy!" Serena was a good *salsera*, a dancer with rhythm and soul ... tú sabes!

"Music ignites my heart and my feet," she said to Emiliano as she danced and danced with him. Then he led her to the table where a feast of *tamales* and all the trimmings was being served. Emiliano did not eat a thing.

Emiliano quedó encantado. "Tengo que conocerla", pensó y se acercó a ella para invitarla a bailar. "¡Ayyy, ayyy, ayyy, ayyy!", Serena era una gran salsera y bailaba con ritmo y alma, ¡tú sabes!

"La música me enciende el corazón y los pies", le dijo a Emiliano, mientras bailaba y bailaba con él. Entonces Emiliano la llevó a la mesa donde se servía un gran banquete de tamales y muchos platillos deliciosos, pero Emiliano no probó ni un bocado.

Between dances, Serena told Emiliano how much she admired him for hosting a fiesta to raise money for scholarships. She talked about her plans to become a doctor; he talked about his plans to become a teacher. Emiliano was fascinated with Serena's noble ideas, her sense of adventure, and her warmhearted voice.

Bella and Dulce didn't even recognize Serena. They each tried to break in on the dancing couple, but Serena and Emiliano just swept by them without noticing the sisters. Bella and Dulce grew irritated and green with *envidia*, envy.

Serena was having so much fun that time passed too quickly. When the clock began to strike, she thought it must be eleven o'clock, but it was twelve!

"¡Hííííjole!, woooow!" Serena ran out of the ballroom before anyone could stop her. As she ran across the driveway, she stumbled and one of her huaraches came off. The seniors were already in the van waiting for her.

Entre baile y baile, Serena le comentó a Emiliano cuánto lo admiraba por organizar una fiesta para recolectar dinero para becas. Ella le habló sobre sus planes de estudiar medicina. Él le habló de sus planes de ser maestro. Emiliano quedó fascinado con las ideas tan nobles de Serena, su espíritu de aventura y su voz tan cariñosa.

Bella y Dulce ni siquiera reconocían a Serena. Cada una trató de interrumpir el baile de la pareja, pero Serena y Emiliano pasaron sin notar su presencia. Bella y Dulce estaban cada vez más molestas y verdes de envidia.

Serena se estaba divirtiendo tanto que el tiempo voló rápidamente. Cuando el reloj comenzó a marcar la hora, creyó que serían las once, ¡pero eran ya las doce!

"¡Hííííjole!", Serena salió corriendo del salón antes que nadie pudiera detenerla. Al correr por la calle, tropezó y se le cayó uno de sus huaraches. Los ancianos ya estaban en la camioneta esperándola.

Emiliano ran out after her. "I don't even know her name," he murmured as he watched the tail lights disappear in the distance. Then he saw the huarache lying on the ground. He picked it up and asked the security guard if he had seen anyone leave.

"Just a van full of very lively seniors," he answered.

Doña Flor was waiting for Serena when she drove up. Excited and tired, she had much to tell. "Let's walk back to your house, mija. You must be there when the family returns," cautioned the curandera.

Serena quickly changed into her nightgown and carefully hid her dress and the huarache in her room. As they sat down to have a cup of *yerba buena* tea, Serena thanked Doña Flor for such a wonderful evening. Then she told her all about Emiliano, all about the clever costumes, and filled Doña Flor in on all the *mitote*, news and rumors. When Doña Flor heard the family returning, she left swiftly by the back door.

Emiliano la siguió corriendo. "Ni siquiera sé su nombre", murmuraba mientras miraba desaparecer las luces en la distancia. Entonces vio el huarache en el suelo. Lo recogió y le preguntó al guardia si había visto a alguien salir.

"Sólo una camioneta llena de ancianos muy alegres", respondió.

Doña Flor esperaba a Serena cuando llegó con la camioneta. Serena estaba entusiasmada y cansada y tenía mucho que contarle. "Caminemos a tu casa, mi'ja. Debes estar allí cuando llegue tu familia", le advirtió la curandera.

Serena se puso su camisón rápidamente y escondió cuidadosamente su vestido y el huarache en su cuarto. Cuando se sentó con Doña Flor a tomar una taza de té de yerba buena, le agradeció por la noche tan maravillosa. Entonces le platicó de Emiliano, de los disfraces graciosos y de todo el mitote. Cuando Doña Flor oyó que la familia regresaba, salió rápidamente por la puerta de atrás.

"You are so late," said Serena , while rubbing her eyes and yawning as if she had been asleep.

"A mysterious guest was there," grumbled Bella.

"Who was she?" asked Serena.

"No one knows," huffed Dulce. "She was in such a hurry when she left that one of her huaraches fell off. Emiliano found it. He didn't dance with anyone else all evening."

A few days later, Emiliano announced that he would search throughout the valley for the woman whose foot fit the huarache. What excitement there was. He checked his computer for the addresses of the all guests who were invited to the ball.

Two weeks later, a weary and frustrated Emiliano arrived at the ranch . Each stepsister

"¡Qué tarde llegan!", dijo Serena, bostezando y frotándose los ojos, como si estuviera durmiendo.

"Una invitada misteriosa estuvo allí", refunfuñó Bella.

"¿Quién sería?", preguntó Serena.

"Nadie sabe", gruñó Dulce. "Salió tan apurada que se le cayó uno de sus huaraches. Emiliano lo encontró. En toda la noche no bailó con nadie más".

Unos días más tarde, Emiliano anunció que buscaría por todo el valle a aquella joven cuyo pie cabía perfectamente en el huarache. ¡Qué sensación! Buscó en la computadora las direcciones de todos los invitados al baile. Dos semanas después de la fiesta, cansado y

tried foolhardily to force her foot into the huarache, but it just couldn't, wouldn't, and didn't fit. *Chale*, no way, José!

Emiliano asked Serena, who was standing nearby, if she would like to try on the huarache. Bella and Dulce burst out laughing, but Emiliano insisted. Serena sat down at once and put out her foot. As she slipped her foot into the huarache, the step family craned their necks to get a closer look. Then Serena took the matching huarache out of her pocket.

"¡Ay, caramba!, rats ¡Qué gacho!, what a low blow!" shrieked the confused stepsisters. Serena offered Emiliano some refreshments. Then they talked, laughed, and shared childhood memories.

frustrado, Emiliano llegó al rancho. Las hermanastra trataron como locas de meter el pie en el huarache, pero no pudieron, no había modo, no les entraba. ¡Chale, no way, José!

Emiliano le preguntó a Serena, que estaba parada allí cerca, si quería probárselo. Bella y Dulce soltaron una carcajada, pero Emiliano insistió. Serena se sentó inmediatamente y sacó el pie. Mientras se ponía el huarache, su madrastra y sus hijas estiraron el cuello para ver de cerca. Entonces Serena sacó el otro huarache del bolsillo.

"¡Ay, caramba! ¡Qué gacho!", chillaron las hermanastras confundidas. Serena le ofreció un refresco a Emiliano. Entonces platicaron, rieron y compartieron recuerdos de su infancia.

Allá en el Rancho Grade, allá donde vivía había una salserita que alegre me decía, que alegre me decía:

Te voy hacer tus huaraches como los usa el salsero, te los comienzo de llantas te los acabo de cuero.

Weeks went by, and the happy couple spent many hours together learning more about each other. Early one evening, the two walked out onto the mesa with a picnic basket filled with *antojitos*, Mexican snacks, prepared by Doña Flor. Soon, the mesa turned purple in the twilight, and the sweet smell of pine nut trees drifted across the ripe fields of corn. "These are some of the true treasures de nuestra gente," said Emiliano.

Serena knew that she had met someone who understood her heart and her spirit. With tears in her eyes, Serena told Emiliano she would soon be leaving for *Califas* to continue her education

The following weekend, Emiliano invited Serena to a tardeada in the plaza. He wanted his family and friends to meet her. Even Bella and Dulce were invited. To all those present, Emiliano spoke of his deep admiration and respect for Serena. She too spoke tender words about Emiliano, as they openly expressed their mutual feelings.

Pasaron las semanas y la feliz pareja pasó muchas horas conociéndose mejor. Una tarde temprano caminaron a la meseta con una canasta llena de antojitos mexicanos preparados por Doña Flor. A la sombra morada del crepúsculo, el dulce aroma de los piñones llegó por los campos de maíz maduro. "Estos son de los verdaderos tesoros de nuestra gente", dijo Emiliano.

Serena sabía que había encontrado a alguien que entendía su corazón y su espíritu. Con lágrimas en los ojos, le dijo a Emiliano que pronto se iría a Califas para continuar sus estudios.

El fin de semana siguiente, Emiliano invitó a Serena a una tardeada en la plaza. Quería que sus familiares y amigos la conocieran. Hasta Dulce y Bella fueron invitadas. Frente a todos los presentes, Emiliano habló de su gran respeto y admiración por Serena. Ella también habló con mucha ternura de Emiliano, y expresaron abiertamente sus sentimientos mutuos.

Many years later, Serena returned home after getting her medical degree. She opened up *La Clínica de Mujeres*, the Women's Clinic, a center for poor women living in the valley. Here she taught nutrition, yerba remedies, and exercise classes. Her *cariño*, loving care, at the clinic inspired others to become health care workers. Emiliano continued his work with the farm workers in the valley while teaching at *La Escuela del Pueblo*, The People's School.

In the cool of the evening, Serena and Emiliano often went for a *paseo*, a walk, to enjoy the sweet sounds and scents of the land. And whenever Serena saw a shooting star, she said, "I KNOW MAMÁ IS WATCHING."

Serena and Emiliano married and continued living happily while making their world a better and brighter place.

Muchos, años después, Serena regresó a casa con su título de doctora en medicina. Abrió la Clínica de Mujeres para las mujeres pobres del valle. Allí daba clases de nutrición, las yerbas medicinales y ejercicio físico. El cariño que mostró en la clínica inspiró a otras a aspirar a trabajar en salud pública. Emiliano continuó su trabajo con los campesinos del valle y enseñaba en La Escuela del Pueblo.

En el fresco del atardecer, Serena y Emiliano salían a pasear para disfrutar los dulces sonidos y fragancias de la tierra. Y cada vez que Serena veía una estrella fugaz, decía: "SÉ QUE MAMÁ ME ESTÁ MIRANDO".

Después de casarse Serena y Emiliano siguieron trabajando juntos para mejorar el mundo y llenarlo de luz.

Glossary and Notes on Expressions
and Names Found in the Book

¡ayyyy! (iieeee) A hoot or loud expression of happiness.

"Allá en el Rancho Grande" (ah-yah´ en el rahn´-cho grahn´-deh) "There at the Big Ranch." A popular Mexican song that was written in 1934.

¡ay, caramba! (i kah-rahm´-bah) Darn!

Aztec (az´-tek) Belonging to the culture, dynasty, or language of pre-Hispanic Mexico.

Bella (bay´-yah) Beautiful. A proper name.

Boutique Escandalosa (es-scahn-thah-lo´- sah) Scandalous Boutique.

Califas (kah-lee´-fus) Caló for California.

caló (kah-lo´) Chicano slang.

campesino/na (kahm-peh-seen´-no/nah) People from rural areas. Farm workers.

cariño (kahr-een´-yo) Love, tenderness, or endearing concern.

Carnaval (kar-nah-val´)) A Catholic, pre-Lenten celebration corresponding to Carnival in Brazil and Mardi Gras in New Orleans. All people take part, rather than just attending as a spectator. Special events include balls, costume contests, street performances with clowns, and a parade.

chale (chah´-leh) Caló for "no way."

Chávez, César (1927-1993) The co-founder and President of the United Farm Workers' who fought for better living and working conditions for farm workers. His fasts and efforts called attention and interest from government officials, labor, religious, and community groups in the U. S. and Canada. César Chávez has become the most popular Chicano hero. See photo on page 18.

copal (ko-pahl´) A resinous incense.

coraje (kohr-rah´-heh) Courage and righteous anger.

Cornelia (kor-nehl´-lee-yah) A proper name. Ill intentioned people could interpret it as a "woman with horns."

corrido (kor-ree´-tho) A Mexican ballad.

cositas (ko-see´-tahs) "Little things" (fish market).

curandera/o (koo-rahn-deh´-rah/roh) A folk healer who uses ancestral traditions and inherent spiritual powers to help restore health. This includes flowers, herbs, rituals, and prayers.

de nuestra gente (deh new-es´-trah hehn´-teh) Of our people.

don/doña (doan doan´-yah) Gentleman/woman. A title of respect.

Dulce (thool´-say) A proper name. Sweet, pleasing.

El Rancho Grande (el rahn´-cho grahn´-theh) The Big Ranch.

Emiliano (ee-mee-lee-ahn´-o) The "Emiliano" in this tale is named after Emiliano Zapata (1880-1919), one of the leaders of the Mexican Revolution (1910-1920). Of Indian ancestry, he fought to regain land for his people.

envidia (en-vee´-thee-ah) Envy.

Flor (flor) A flower or a blossom. A proper name.

ganas (gahn´-as) Desire and determination.

gourds The fruit of various plants whose dried shell has been used since ancient times for utensils and ornaments. The gourds on page 2 were cultivated and decorated by Luther Nelson, Oakland, CA.

gracias a la vida (grah´-see-us ah lah vee´-thah) Thanks to life and all its blessings.

guapo/pa (whah´-po/pa) Handsome, good looking.

¡híjole! (eee´-ho-lay) Slang for "wow!"

Hollywoodandia Hollywood, California.

huaraches (whad-ach´-chez) Mexican sandals made out of raffia or leather.

La Clínica de Mujeres (lah klee´-nee-kah theh moo-hehr´-es) The Women's Clinic.

La Escuela del Pueblo (lah es-scoo-eh´-lah del poo-ay´-blo) The People's School.

La Luna (lah loo´-nah) The Moon (tabloid newspaper).

La Virgen de Guadalupe Besides being a spiritual heroine in *Raza* culture, La Virgen is patroness of the Americas, the continent. Guadalupe's Nahuatl name is *Tonantzín*, Mother Earth. The Spaniards changed her name to Guadalupe to attract more indigenous people to the Catholic faith. See *"Tonantzín"* page 2.

Los Coyotes (los koy-o´-tes) The Coyotes. Los Lobos were already booked.

Margarita (mar-gah-ree´tah)- Margaret. A daisy.

más o menos (mahs o mehn´-os) More or less.

mi casa es mi casa (mee cah´-sah es mee cah´-sah) My house is my house. (Normally: *Mi casa es su casa.* My house is your house.)

mi'ja/jo (mee´-hah/ho) Daughter, son, or child.

mira (meed´-ah) Look.

mitote (mee-tow´-teh) News and/or rumors.

muchísimas gracias (moo-chee´-see-mahs grah´-see-ahs) Thank you very much.

Museo Latinoamericano (moo-zay´-o lah-teen´-o-a-mehr-ee-kahn´-o) Latin American Museum.

órale (ohr´-rah-leh) *Caló* for "all right."

Ortega's Weaving Shop Don Pedro's vest and Emiliano's jacket on pages 2 and 21 were woven by the Ortegas, who continue an unbroken tradition of creating wool weavings started in New Mexico in the early 1700s. See: ortegasdechimayo.com

pan (pahn) Bread.

pan fresco (pahn fress´-ko) Fresh bread.

papitas (pah-pee´-tahs) Potatoes. Used in the text as "couch potaotes."

paseo (pah-say´-o) A walk.

Pedro (pay´-dro) Peter. A solid rock.

pulga (pool´-gah) A flea. Slang for the "flea market."

¡Qué gacho! (keh gah´-cho) *Caló* for "what a low blow!"

Raza (rah´-zah) The product of two cultures, the Spanish and the indigenous people of the Americas merging.

Río Seco (ree´-o seh´-ko) Dry River (fish market).

salsa (sahl´-sah) Literally "sauce," but also refers to a Latin American dance.

salsera/rita (sahl-sehr´-rah/ree´-tah) A salsa dancer. (Also, a sauce pan.)

Serena/no (sehr-rehn´-nah/no) A proper name. Serene, peaceful.

snakes In New World mythology, snakes represent renewal because they have the ability to be rejuvenated through the shedding of their skin, and are thus transformed. See pages 14 and 15.

spirit Energy, passion, vitality.

tamales (tah-mah´-les) A ground corn mixture filled with meat, poultry, cheese, vegetables or fruit, and steamed in a corn husk or a banana leaf.

tardeada (tahr-deh-ah´-thah) A party in the afternoon, usually held on a weekend.

tienda (tien´-dah) Store (in Museo Latinoamericano).

Tonantzín (toan-nahn-seen´) See *La Virgen de Guadalupe* on page 25.

troca (tró-kah) *Caló* for truck.

tú sabes (too sah´- vehs) You know.

yerba buena (yehr´-vah bue´-nah) Mint or peppermint tea. Also *hierbabuena.*

yerbas (yehr´-vahs) Herbs. Also *hierbas.*

Allá en el Rancho Grande

Adapted from the original Spanish lyrics and music by Silvano R. Ramos

Notes from the author/ illustrator/publisher

The fairy tales I read as a child taught me that the fairest one of all is a blonde with blue eyes. She tosses her long hair and gazes at her own image with narcissistic pleasure. Is she in pursuit of a handsome prince? Her heart is devoted to his treasure ... or maybe his stock portfolio today. To achieve royal status meant pleasure, power, and a pot of gold. Where was I? Cleaning the castle, stirring the beans in the kitchen, or just absent ... as always.

I want to encourage readers to discuss ideas, critique social inequities and social hierarchies, and imagine a better world characterized by equality and respect. I want to instill hope in readers of all ages so that no matter what their life brings, they still believe that they, too, can live happily ever after.

All of the persons and incidents in this book are imaginary. Resemblance to any person is purely coincidental.

See: Christensen, Linda. "Myths That Bind." In *Rethinking Columbus*, Milwaukee, September, 1991.

Notas de la autora/ ilustradora/editora

Los cuentos de hadas que leía de niña me enseñaron que la más bella de todas era aquella de cabellos rubios y ojos azules. Lucía su larga cabellera y contemplaba su propia imagen con placer narcisista. ¿Estaba en busca de un gallardo príncipe? Su corazón estaba consagrado a su tesoro ... o quizás a su portafolio de inversiones hoy en día. Ingresar al mundo de príncipes y princesas significaba placer, poder y una vasija colmada de oro. ¿Dónde estaba yo? Limpiando el castillo, meneando los frijoles en la cocina, o simplemente ausente, como siempre.

Quiero animar a los lectores a que examinen las ideas y discutan las legítimas jerarquías sociales y las desigualdades sociales y que imaginen un mundo y un siglo mejor, caracterizado por la igualdad y el respeto. Quiero infundir esperanzas en los lectores de todas las edades para que, sin importar lo que les traiga la vida, siempre crean que ellos también pueden vivir felices toda la vida.

Todos los personajes e incidentes de este libro son imaginarios. Cualquier semejanza con personas reales es pura casualidad.

Other books created by the author / Otros libros creados por la autora

The Three Pigs - Los Tres Cerdos Nacho, Tito, and Miguel

Salinas-Norman's Bilingual ABC's Workbook

Salinas-Norman's Bilingual ABC's Parent-Teacher's Guide

*Indo-Hispanic Folk Art Traditions I/Tradiciones Artesanales Indo-Hispanas I
(Christmas/Navidad)*

*Indo-Hispanic Folk Art Traditions II/Tradiciones Artesanales Indo-Hispanas II
(Day of the Dead/Día de los Muertos)*

*Chicano/Mexicano Traditional and Contemporary Arts and Folklife in Oakland/Arte
Chicano/Mexicano Tradicional y Contemporáneo y Vida Popular en Oakland (co-authored)*